청어詩人選 467

엄마 아빠 손을 잡으면

권희표 동시집

청어

엄마 아빠 손을 잡으면

권희표 동시집

시인의 말

앞서가던 친구 뒤돌아 뛰어 마중 가고, 뒤따르던 친구
달려가 만나 나란히 발맞춰 등교하는 날이면 그날 그 반
의 분위기를 알 것 같습니다. 등교하는 아이 얼굴 눈을
보면 언짢은 기분을 알 수 있습니다. 어쩌나 싶어 살며시
살펴보니 분위기 쾌청입니다. 아이들 두셋 이상 모이면 피
는 웃음 바이러스로 엄마 품에 안겨있는 평온한 모습입
니다.

작가가 가장 감사함은 감사하는 마음입니다. 작가 생
애 중 반평생을 훨씬 넘은 세월을 중중장애인으로 살아
오면서, 자주 눈물을 흘리고, 소리 없이 울다가도 어느
순간 감정이 복받치어 엉엉 울기도 참 많이 했지요. 불편
한 몸이어서 슬퍼서 억울해한 눈물은 거의 기억에 없습니
다. 불쑥불쑥 찡하게 생각나는 감사한 마음에 감사한 눈
물이었지요. 한시도 잊지 않고 내 주위 모든 분께 그리고
내 주위 자연에 감사한 마음으로 오늘까지 살아오고 있
습니다.

나아가는 힘

뭔가 잘하고 싶거든
아등바등 오르려 하지 말고
오로지 감사한 마음으로 나아가자.

지금 지닌 건강한 몸을 감사하고
할 수 있다는 의지에 감사하고
꿈을 향해 나아가는 내게 늘 감사하자.

감사하는 마음에 즐거워지고
즐거움을 감사히 즐기다 보면
바라는 꿈은 한발 한발 꼭 이루어지리니

난 할 수 있어 자신감을 깨우고
작은 느낌을 감사히 즐거워하리.
즐기다 보면 그 꿈은 이루어짐을 믿는다.

「나아가는 힘」은 작가가 지금껏 살아온 버팀목이요 신조이다. 지금껏 감사한 마음으로 살아오게 해준 분들께 다시 한번 감사를 전하며 여러분과 함께 공유하고자 합니다.

차례

제2부　마술하는 해

제3부 춤추는 산천

제4부 잡초의 반란

엄마 아빠 손을 잡으면

제1부

혼자 하는 숨바꼭질

바자회 1
-누가 볼까 싶어요

내 아낀 정든 장난감 누가 가져갈까?
누나가, 형이 동생이 정말로 궁금하다.
잠시 후에 와보니 우와 다 팔렸네요.
방실방실 내 웃음꽃 누가 볼까 싶어요.

내 눈에 반짝 띈 갖고 싶은 장난감
가졌으면 좋겠는데 참말로 좋겠는데
한 바퀴 도는 동안 우와 다 가졌어요.
방실방실 내 웃음꽃 누가 볼까 싶어요.

바자회 2

웃음도 바자회 상품인가 봐요
싱글벙글 시끌벅적 웃고 다녀도
선생님은 방글방글 웃기만 해요
환한 웃음 덤으로 가지라나 봐요

오늘 바자회 군것질 덤이래요.
아삭아삭 달콤 붕어빵,
졸깃졸깃 맛나 어묵
방글방글 웃음이 절로 나와요

바자회 3
-기분 셈법

내 장난감 사든 후배
싱글벙글 좋아라 하고
내가 구한 장난감은
나를 마냥 웃게 해요

팔려도 웃음이 나오고
사도 웃음이 나오고
불우이웃 돕는 바자회라서
벙글벙글 웃음이 나오나 봐요

책 읽는 아이

동지가 가까울 무렵
아직 어둑어둑한 아침
엄마와 함께 일찍 학교에 온

1학년 야무니
교실에 들어가 불을 켜고
자리에 앉아 책을 읽습니다.

차분하게 공부하는 모습에
엄마는 안심하고 일터로 가시고
선생님은 서둘러 학교에 오십니다.

인사하는 눈꽃 눈

사뿐사뿐
내린 눈이
눈꽃을 피워요.

해 오른 아침
눈꽃은 반짝반짝
인사를 해요

팔랑팔랑
발자국이
뽀드득 눈길을 내어가요.

눈놀이

운동장 멀리에
눈놀이하는 풍경을 보며

뜀박질로 가
커다랗게 끙끙 눈을 굴려
눈사람을 만듭니다.

눈을 뭉쳐 장난삼아 던지자
너도나도 눈을 뭉쳐
눈싸움이 벌어집니다.

형아 누나 동생 모두가
자연스레 편이 갈려
웃음소리 가득하니 눈싸움을 합니다.

싱싱 가요

아빠랑
강변길을 싱싱 가요

아빠는 자전거 타고
나는 킥보드 타고 가요

아빠는 내 뒤에 따라오시고
나는 아빠 앞에 싱싱 가요.

오늘도 아빠는
내 뒤에 따라오세요.

우리들 난타 놀이

난타 상쇠 소리가요
땡그랑 땡 땡그랑 땡
북소리 장구가락
둥둥 둥둥둥 덩덩 쿵덩쿵

보는 얼굴 얼굴마다
함박꽃이 만발하여요.
할머니들 어깨춤이
덩실덩실 더덩실 둥실둥실 두둥실

혼자 하는 숨바꼭질

유치원에 들어서며
세로줄 커튼 속 거울로 숨어드는
야문이를 언뜻 본다.

내가 살금살금 다가가니
야문이도 살금살금
나를 향해 다가온다.

두 손등을 맞대어 올린 손으로
확 커튼을 젖히니
나랑 똑같은 아이가 웃는 거 있지

엄마 아빠 손을 잡으면

엄마 아빠
손을 잡으면
날고 싶은 아기 새가 되어요.

포르륵 포르륵
둥지를 떠날
날갯짓하는 아기 새가 되어요.

엄마 아빠 손에
포르릉 떠올라
까르르 웃는 아기 새가 되어요.

내 그림자

새벽
산책길을
묵묵히 걸어간다.

그림자 두셋이
번개처럼 빠르게
앞장서 간다.

나는 하나인데
그림자 너희들
무엇 하는 거야

불편한 내 몸
좋은 길 알려주려고
둘러보느라 그랬어.

오! 그랬구나.

사다리 놀이

병설유치원
사다리에 오른 아이

똥 싼 폼으로 앉아
고개를 휙 돌려
뛰어내릴 곳을 확인할 때

"똥 싼 폼"
응원 소리 들으며
매트리스 위로
뒹굴듯이 뛰어내린다.

"응가 냄새
나나 만져봐"

엉덩이를 만지는 시늉
고개를 살래살래
흔드는 넉살에

우와!
웃음보 터진다.

매미가 세상을 떠나는 날

내 방 창가 감나무에 앉아
우렁차게 맴맴 울던 매미 생각에
내 가는 길 위에 누운 매미가
어쩐지 안쓰럽습니다.

하늘나라 가기 전 내저은 발짓
내게 손짓을 하듯이 보여
두 손으로 가만히 안아주다
가슴에 매달고 걸어갑니다.

가슴팍을 꼭 붙든 매미를 위해
나는 가만가만 걸어갑니다.
따뜻한 이별을 위해
매미랑 눈맞춤을 하며 갑니다.

비 오는 날

우산 쓰고 장화 신고
동생이랑 학교 가는 길

빗물이 고인 물에
찰방찰방 물장구치고

고인 빗물도 덩달아
촐랑촐랑 까불대요.

눈사람 도깨비

눈사람 머리에 고드름을 붙여주니
도깨비 눈사람이 되었다.

도깨비야, 도깨비야
변신하여 보렴.

얼마 후에 돌아오니
눈사람 도깨비 사라졌다.

자못 궁금하더니
따뜻한 봄이 찾아왔다.

우산지팡이

일기예보에
비가 올 것이라는 날은
노인이 참 많아집니다.

우산을 준비하여 등교하는
병설유치원생부터 6학년 누나 형들까지
우산은 지팡이가 됩니다.

엄마도 할머니도 나도
자연스레 우산지팡이를 짚고 가며
퍽이나 정답게 이야기를 나눕니다.

제2부

마술하는 해

마술하는 해

옅은 구름 낀 아침
언뜻언뜻 구름 사이사이로
눈이 부신 환한 해님이

뜬금없이
교실 창유리에 떠 있어요.

내 움직여 갸웃대는 고갯짓에
여러 창유리에 수금지화목토천해
태양계 행성으로 보이는 해님

아! 어떻게 해님이 마술을 하나?

35

해님의 큰 은혜

늘 보아왔는데
그냥 덤덤 보아왔어도 알지요

붉게 뜬 노을은
해님이 띠운 미소

동쪽에 뜨는 놀은 아침놀이요
서쪽에 뜨는 놀은 저녁놀이다.

아침놀은 활동하라고
저녁놀은 잠자고 푹 쉬라고

세상만사 만물 모두에게
아우르는 해님의 큰 은혜

그네 타는 교장선생님

점심시간
그네 타던
아이들 모두
교실에 들어간 후

교장 선생님
두리번두리번
살짝 그네에 앉아
앞으로 뒤로 흔들흔들
그네를 타신다.

어릴 적
어린이도 되어보고
제자의 마음도 되어보고

아침 운동장

짠! 하고 반기는
아침 등굣길
초록 잔디 운동장

풀잎마다
햇살 품어 안은
영롱한 아침이슬

아침이슬은
사푼사푼 오는 아이
발 마중합니다.

한낮 운동장에는

운동장 잔디 속에
점박이로 피어난
꽃다지 민들레 클로버 꽃 잔치
벌 나비 구경 와요.

운동장에 뛰노는
우리들 머리 위에서
고추잠자리
싱싱 신나게 날아 놀아요.

빈 그네

애들아
어서 와 놀다가렴
누구도 아닌 너희를 기다린단다.

바람이
와 앉았다 가곤 하지만
오로지 너희 오기를 기다린단다.

까르르 웃음보 터지도록
똥꼬 간질간질하니
높이 높이로 신나게 태워 줄게

겨울을 견뎌내는 이끼

교실 뒤편
내내 응달진 곳에
겨우내 내린 눈비에
오직 이끼만이
싱싱 푸름으로 풍성하다.

이 푸르른 융단 이끼
가만히 내 방에 옮겨다
가만히 엎드려 볼까
아니 여기에 잠시 누워
하늘을 바라볼까?

건강할 때 지켜내자

하느님 하나님
하루 24시간이 모자라서요.
걸으며 스마트폰을 보아야 해요.

어험,
하루 24시간은
만국 분모이거늘…

24시 세세 분자 시간은
노력하는 만큼 자기 몫
알뜰히 챙겨 활용하라.

꿈을 온전히 이루어내도
건강을 잃으면 모두를 잃는 것.
건강할 때 매일 챙겨 먼 훗날까지 보전하라.

몸짓말은 만국어

일순간
머리에서만 뱅뱅
꼭 필요는 하니
손짓발짓 몸짓으로 말한다.

덩달아 긴장하여
설명하는 몸짓을
함지박만큼 커진 눈으로 살피며
머릿속엔 형상을 떠올려간다.

가까스로
이거냐고 묻고 보여준다.
그래요 끄덕끄덕 웃는다.
누가 더 잘한 거지.

부레옥잠

우린 공기주머니가 있어
어느 민물에도 둥둥 떠 산단다.

손에 손을 꼭 잡고
꽃을 피우며 여행을 하지.

스스로 사는 곳 선택할 수 없고
다시 찾아갈 수는 없어

언제나
지금 여기가 우리 사는 곳이야.

부레옥잠을 보며

헤엄치기 배우고선
구명조끼 없이도
물 위에 둥둥 뜨지

부레옥잠아
엄마 도움 없이도
나 스스로 헤엄쳐 나아가

엄마 손을 놓아도
부레옥잠 너희처럼
이산가족이 되지 않아

아담한 집에서
부모형제자매 오순도순
깨 쏟아지게 살아가지

노랑 마음 평안한 마음

노란 노랑은
마음을 평안하게 해주나 봐요

괭이밥 민들레 꽃다지 씀바귀들
잠꾸러기 잠보들이 노랑꽃을 피워요.
요렇게나 작은 노랑꽃이
눈에 쏙 들어와 발 멈추게 하고
내 마음을 환하게 밝혀주어요.

잠꾸러기라고 잠보라고
한 번도 놀린 적이 없어요.
노란 노랑 꽃 마음을
보고 가다가 또 뒤돌아보며
밝아진 내 마음만 읽었을 뿐이에요.

민들레는요

민들레꽃은 잠꾸러기 정말 잠보예요
아침놀 저녁놀을 온전히 본 적이 없어요.

해님이 깨워주어도 얼마 후에야 꽃피우고
해님이 재워주어야 철없이 잠이 들지요

민들레는 그래도 사람이 어린이가 좋대요.
길가에서 피워 보이고 학교에서 피어 보여요.

이슬꽃

이슬이 내린 아침
운동장 잔디에는
이파리마다 물방울을 안았어요.

반짝반짝
푸른 잔디마다
햇살이
이슬꽃을 가득 피어놓았어요.

서로 도와서

초등학교 주차장
한가운데 빗물 유입구 속

감국이 노란 꽃을 피워
꽃 위를 지나는
차바퀴를 받쳐주어요.

세상은
서로 돕고 살아야 한다고

빗물 유입구에
퐁퐁이가 놓이고

감국이는
놓인 퐁퐁이 높이까지 자라
호호! 꽃을 피워요.

재미냐 살아남느냐

운동장 잔디 깎여질 때
가까스로 살아남은 메뚜기
갑자기 열악해진 환경에
살기 위해선 빨리 뛰고 멀리 날아야 한다.

아이들이 다가온다.
포르륵 뛰어 날아 숨는다.
호기심이 발동한 아이들
메뚜기를 잡겠다고 살금살금

본능적으로 미리 빨리 멀리 날아 숨고
요걸 못 잡아 몸을 낮추어 가만가만
쫓고 쫓기는 중에 차임벨이 울린다.
에이- 아쉬워하고, 휴- 살았다 한다.

제3부

춤추는 산천

입춘날

이 눈이 오고 나면
어느 만큼
봄이 와 있을까?

눈 덮인
버드나무 가지마다
푸름이 엿보이고

눈석임물 속에서도
언뜻언뜻
푸름이 눈에 띕니다.

봄은 쌓인 눈 속에도
살을 에는 강추위에도
절서*를 동무 삼아 오나 봅니다.

* 절서: 절기의 차례. 또는 차례로 바뀌는 절기.

춤추는 산천

승용차에 앉아
앞 유리에 그려 보이는
비 내리는 풍경을 본다.

흘러내리는 빗물에
비가 톡톡 튀어 내는
볼록 볼록렌즈에 얼비치어

가까이에 나뭇잎이
먼 나무 먼먼 산이
아른아른 춤추는 풍경

나는 가만히 앉아
차창 앞 유리에 얼비쳐 보이는
춤추는 동화나라를 보아요.

뒷동산에 올라오니

숲속 나무들 사이사이로
진달래꽃이 숲을 붉히는
숲길 따라 오른 산마루

숲 위로
보이는 우리 동네
달리는 고속버스가 한가롭다.

살랑대는 나뭇잎
숲을 깨우는 딱따그르르
내 뺨을 어르는 산바람이 그냥 좋다.

가랑비

가랑비는 강물에
퐁 퐁 퐁 자꾸자꾸 내립니다.
동그란 볼우물이 보고 싶어서

강물에 노니는
오리 등에 자꾸자꾸 내립니다.
사르르 미끄럼을 타고 싶어서

동그란 우산 위에
토닥토닥 자꾸자꾸 내립니다.
아이랑 도란도란 가고 싶어서

아른대는 물꽃

운동장 잔디 이파리마다
물방울을 안은
이른 아침

햇살은
방울방울 물방울마다에
영롱한 구슬로 반짝여주고

수천수만 영롱한 이슬 꽃들은
아롱이다롱이로
초롱초롱 아이 눈망울에 눈 맞춤합니다.

다름이어서 아름다운 거야

산골에 반딧불이
첫 나들이 나온 밤
처음 본 가로등 불빛
와! 크고 밝구나.

반딧불이야
너 스스로 빛을 내어
나를 찾아 준
네가 난 고맙구나.

반딧불이가
가로등 불빛 주위를
빙빙 도는 중에
서로 간 칭찬하는 말이
언뜻언뜻 아롱입니다.*

* 아롱이다: 또렷하지 않고 흐릿하게 흔들리다.

날마다 받는 선물

세상에 모든 빛들이
나와 일직선상 앞에서 비치면
반짝임을 볼 수 있어요
가까이에 빛이 비추면 가까이에
멀리에서 비추면 멀리에 반짝여요.

물 위 물결에는 윤슬로
푸나무 잎 끝에 물방울엔 빛살로
모래밭 보도블록 길 위에 석영에는 샛별로
영롱하게 반짝반짝 반짝여 줍니다.

속도 모른 내 그림자
삐져서 뒤돌아 누워버립니다.
내가 보면 너랑 같이 보는 거야.
우린 언제나 함께 하잖아

자귀나무 자애

듬성듬성 자란 가지에
양팔 벌린 잎들이
넘치지 않고 넉넉하다.

자귀나무 잎들은
하룻밤도 흐트러짐 없이
합장하여 밤샘 기도를 드린다.

'우리가 함께 가게 하소서'
'우리가 사랑하게 하소서'
'우리가 감사한 마음으로 살게 하소서'

수술들이 기꺼이
연분홍 빗살 꽃잎으로 피어난 꽃
자귀나무 꽃향기 엄마 냄새 다정하다.

깡깡이 거미

우리 집 화장실에는
깡깡이 거미가 산다.

방충망에선 바람한테
지 엄마 소식 묻고 듣고

거울에 앉아서는
지 모습 뜯어보느라

주인아줌마가 보고 있어도
지가 주인 인양 그냥 앉아있다.

가로등 노을

실안개 속 새벽 강변 산책로를
토닥토닥 걸어간다.

강 건너 산책로에 가로등 불빛이
더 멀리에 널리 보이는 불빛이
안개에 안겨 엷게 붉어진 노을이
지평선에서 하늘까지 발그레하다.

강변 둑이 둑에 자라는 나무들이
강물에 산그늘로 드리우고
간간이 켜진 가로등 불빛은
산그늘에 물비늘로 반짝인다.

멀리 먼 산 위에
어슴푸레 먼동이 희붐하니
먼 산이 강둑 산그늘 뒤로 서고
가로등 노을은 엷어져 스러진다.

물봉선

산기슭 언저리에
붉게 핀 물봉선이
숲 푸름 속에 고고하다.

박각시가 정지비행으로
물봉선 자태를 살피더니
슬쩍 입맞춤을 한다.

"나를 건들지 마세요."
내숭 떨어 퍼뜨려놓고선
박각시는 기다리고 있었나?

배려와 겸손

시샘하듯 도도하게 꼿꼿이 세운
벼 잎이 출수기 벼 이삭이
사실은 서로에게 최상의 배려였대요.

벼 잎을 세워 배려하는 햇볕 쪼임
벼 이삭이 익을수록 고개 숙이는 겸손
보고 느낀 깨달음을 마음 깊이 새깁니다.

마늘 심는 마음

두둑 짓고 비닐 덮어 마늘을 심는다.
삼 남매 이야기가 구멍마다 마늘을 안는다.

도란도란 이야기를 나누며
겨우내 봄내 실하게 자랄 마늘들

아마도 내년에 수확하는 마늘통마다
손자들 이야기가 가득할 거다.

새벽 보름달

새벽녘 서산 위에
보름달이 환하다

출렁대는 여울물에
보름달이 물살 따라
물결마다 반짝반짝

잔잔한 강물 위에
보름달이 두둥실 대는
물비늘이 초롱초롱

풍요

내 키를 훌쩍 넘긴
파뿌리 파마를 한 옥수수 엄마들
아가를 업고 안고서
이웃 옥수수 아줌마들이랑
도란도란 이야기를 나눈다.

내 애기가 예쁘오.
내 아이가 더 포동포동해요.
자랑 속에 시샘 속에
옥수수 아가들이 무럭무럭 커간다.
바람이 온 밭에 말 전하랴 바쁘다 바빠

선풍기

올해도 선풍기는
할머니 곁에 다가와
시원한 바람을 불어줍니다

도리도리 재롱부리고
사르릉 사르릉
노래를 불러드려요

도리도리를 따라 하시다
사르릉 노래 들으시며
할머니는 꼬박 잠이 듭니다.

제4부

잡초의 반란

나아가는 힘

뭔가 잘하고 싶거든
아등바등 오르려 하지 말고
오로지 감사한 마음으로 나아가자

지금 지닌 건강한 몸을 감사하고
할 수 있다는 의지에 감사하고
꿈을 향해 나아가는 내게 늘 감사하자

감사하는 마음에 즐거워지고
즐거움을 감사히 즐기다 보면
바라는 꿈은 한발 한발 꼭 이루어지리니

'난 할 수 있어' 자신감을 깨우고
작은 느낌을 감사히 즐거워하리
즐기다 보면 그 꿈은 꼭 이루어짐을 믿는다.

엔도르핀 꽃

뒷동산 오솔길을
할아버지랑 다녀왔어요.

할아버지 손발로
다녀온 내 두 발목에는

상수리 떡갈나무 잎이
풍성하게 갈잎 꽃을 피우고

할아버지 얼굴에는
엔도르핀 꽃이 함빡 피어났어요.

감귤꽃

고물고물 손놀림 따라
감귤이 꽃을 피웁니다.

감귤 껍질을
꽃받침으로 펼친 후
감귤 알맹이를
조금씩 벌려 놓으면
아홉 열 꽃잎 감귤꽃으로
환하게 피어납니다.

하얀 접시에
한 송이 두 송이 놓인 감귤꽃이
이를 드러내어 환하게 웃습니다.

김장하시는 할머니

김장하는 가냘프신 할머니
억척 장사 같으시다

짜갠 배추에 소금 간 치고
적당히 간 들었을 때 씻고

양념장을 배합하는
눈대중이 손놀림이 경이롭다

자식들
다들 맛있다 하는 말에

할머니는 그저 빙긋이
퍽 행복해하십니다.

유모차 운동 나들이

한 동네 할머니들
유모차에 의지하여
조심조심 또 조심
자주 쉬어가면서
운동장을 줄지어 돌아요.

유모차를 지팡이 삼아
운동장을 쉬엄쉬엄
줄지어 도시는
정겨운 오늘 모습을
오래오래 보고 싶어요.

할머니 유모차

할머니가
사귀는 유모차 동무는
나보다 훨씬 좋은가 봐요
진정 좋아
나들이 나설 때면
껌딱지* 꼭 앞세워 가셔요

두 손으로 안아 쥐고
그것도 못 미더워
가슴으로 안아 가시면서도
한시도
눈 떼지 않고
유모차 동무를 꼭꼭 앞세우세요.

* 껌딱지: 한 사람이 다른 사람에게 들러붙어 떨어지지 않거나 서로
에게서 떨어지지 않음을 비유적으로 이르는 말.

빨래

세탁기 안에서
엄마 아빠 나 동생
노래하고 춤추며 놀다
꼭 안고서
콜콜 잠이 들었어요.

그만 자고
일어나라고
탈탈 털어서는
나란히 함께 타는
외줄타기 보여주래요.

못 미더워
바람이 와
심술부릴까 봐
두 군데씩
꼭꼭 잡아주지요

엄마의 효심

우리 집 현관문 번호
할머니 집 번호하고 똑같아요.
할머닌 헷갈리지 않아
좋다- 참- 좋다 하시어요.

우리 집 비어있어도
할머니 집 드나들듯
언제든 오가시라는
엄마의 속 깊은 효심이래요.

할머니는 시인 같아요

백로가
나뭇가지를 물고 나니
산천에 푸름이 곧 올 거라 하고

영춘화 꽃이 피어나니
머잖아 사람들
꽃비에 홀려 떠다니겠어.

동산에 오른
해님을 보면서도
내 등을 토닥토닥 감사하답니다.

영상 속 첫 만남」

복동아
널 보는 내 가슴이
왜 이리 쿵쾅거리냐

어떻게
처음 길
먼먼 나를 찾아왔니

나를 예뻐해 주시잖아요.
눈 감고도
더 먼먼 곳도 찾아가요

다음에는
방실방실 웃으며
할머니 찾아갈게요.

동네 손주

응아 응아
온 동네 번개소문
우리 동네 경사 났네

동네방네
싱글벙글
한마음으로 축하해주네

동네 손주
함박꽃
연이어서 피어 피어나라

다짐

어떠한 역경에도
밝은 미소를
가꾸고 지켜낼 거예요.

어느 곳 어느 때에도
환한 미소 속에
밝은 마음 간직할래요.

내가 한 말속에
따사한 마음이
늘 깃들이게 나 들으며 말할래요.

잡초의 반란

농사는 풀하고 전쟁이라 하셨는데
교실 가득 환한 꽃병 속에 꽃들이
논밭에서 다투며 살아온 잡초들이다.

바랭이 방동사니 피 강아지풀 띠
부추꽃 남천 노랑 빨강 백일홍이
선생님 손 맵시로 폼 잡고 앉았다.

끝내는 강인하고 억센
잡초를 닮아 가신 할머니가
꽃병 잡초 속에서 환히 웃고 계신다.

함께해요

엄마
재활운동 하시는 아빠와
우리 함께 걸어요.

말동무 되어드리고
발 동무 되어드리며
그냥 함께 걸어요.

우리는 사랑하고
용기 주고 위로하고 격려하는
가족이래서 감사해요. 행복해요.

나를 달래는 나

나도 화낼 줄 알아
용서할 줄도 알아
앞에 나서지 않고
참고 말하지 않았을 뿐이야

내가 손 내밀 때
뿌리치지만 말아 줘
용기 내어 잘할게
나 정말 잘할 수 있어

지켜낼 거예요

장애를 지녔어도
난 어떠한 역경에도
밝은 미소를 지켜낼 거예요.

울고 싶음 울더라도
내 밝은 마음을
말속에 피워 올릴래요.

친구들 따사한 마음
내가 쓴 짧은 시 속에
고이 간직 감사하며 읊을래요.

엄마 아빠 손을 잡으면

권희표 지음

발행처   도서출판 청어
발행인   이영철
영업   이동호
홍보   천성래
기획   육재섭
편집   이설빈
디자인   이수빈 | 김영은
제작이사 공병한
인쇄   두리터

등록   1999년 5월 3일
          (제321-3210000251001999000063호)

1판 1쇄 발행 2024년 11월 20일

주소   서울특별시 서초구 남부순환로 364길 8-15 동일빌딩 2층
대표전화 02-586-0477
팩시밀리 0303-0942-0478
홈페이지 www.chungeobook.com
E-mail   ppi20@hanmail.net

ISBN   979-11-6855-297-5 (03810)